O CASAMENTO DE EROS E PSIQUÊ

A ARTE DO ENCONTRO

SATTVA EDITORA

contato@sattvaeditora.com.br
www.sattvaeditora.com.br

Editora: **Vivian Lerner**

Revisão: **Olenka Franco**

Projeto gráfico, diagramação
e capa: **Luiz Zonzini**

Tradução diretamente do grego moderno e antigo
pelo autor

Salis, Viktor David
O casamento de Eros e Psiquê: a arte do encontro /
Viktor David Salis. - - São Paulo : Sattva Editora, 2017.

ISBN 978-85-67977-07-2

1. Mitologia 2. Psicologia Analítica 3. Eros 4. Psiquê
I. Título.

CDD – 150.195 4

VIKTOR D. SALIS

O CASAMENTO DE EROS E PSIQUÊ

A ARTE DO ENCONTRO

SATTVA EDITORA

2017

2ª edição

DEDICATÓRIA

AOS QUE BUSCAM A VERDADE NA ARTE DE AMAR

Para apaixonar-se de verdade por você, pelo outro e pela vida.

(Eros)

Quem não quer passar a vida apaixonado por tudo que o cerca?

Quem não quer despertar ansioso para gastar mais um dia em busca de si e do outro?

Como é belo despertar pleno de projetos e com aquele intenso desejo de viver sob a luz do sol.

E como é triste um monótono e lento despertar para um dia igual ao outro; como é triste passar o dia sem entusiasmo.

Diziam na Antiguidade algo assim: quem vive sem Eros, adoece.

Que fazer então da rotina? Mais ainda, como transformá-la em algo que o apaixone pela vida?

Eis a chave do mistério:

Case-se com Eros, ou seja, pegue tudo que você tem de melhor, seus talentos de que você se esqueceu, traga tudo à tona e celebre, como se fosse "casar com a vida".

Torne-se capaz de, a cada dia, celebrar o casamento de sua psiquê com a paixão de viver.

Faça de cada ato de sua rotina uma pequena obra de arte; não importa o quê. Pode ser no cafezinho ou no beijo.

Mas o que não pode é cair na falta de sentido;

Sempre há algo por que se apaixonar, ou pelo menos para se emocionar.

Sempre há um talento para se descobrir e renovar.

Não existe melhor época na sua vida; o que existe é o desafio de cada dia ser o melhor de sua época.

Lembre-se de que saberá que se casou com Eros quando não buscar mais tempo para respirar, nem mais vida para prolongar, mas sim quando buscar momentos para perder o fôlego...

De alegria, de tristeza, de êxtase ou de busca; pouco importa, pois agora sabe que está vivo e pleno.

ÍNDICE

INTRODUÇÃO À OBRA

O objetivo desta obra é transportar para a modernidade o mito paradigmático do casamento de Eros e Psiquê, tal como era utilizado na Grécia antiga, ou seja, para educar o jovem na arte de amar.

Trata-se de resgatar a educação da arte de amar através do teatro, do canto e da dança, pois este aprendizado é essencial para nossa vida em qualquer época, em qualquer tempo.

Preso a uma tela de computador, de televisão ou de vídeo game o jovem de hoje cada vez mais se afasta do contato real com o outro em detrimento do contato pessoal e afetivo.

Quando falamos da arte de amar, não nos referimos apenas às naturais e inevitáveis paixões da juventude. Trata-se de algo bem mais amplo e abrangente, pois o que se aborda aqui é o aprendizado da arte de conviver com seus semelhantes e aprender a aceitá-los como são, respeitando-os. Mais ainda, pretende-se retomar uma das questões fundamentais da educação social, que é o aprendizado de que toda relação humana baseia-se na doação de si para o outro e vice-versa. Caso contrário, cai-se no amor exclusivista e narcisista, que tudo exige do outro e nada tem para oferecer – questão essa tão candente em nosso mundo consumista de hoje, onde as pessoas são as primeiras a serem transformadas em mero objeto de consumo.

Este livro busca consolidar o sentido educacional, para auxiliar o jovem nos referidos aspectos da arte de amar e de se relacionar, que possam restaurar os valores de dignidade e respeito social, tão esquecidos neste começo de século.

O consumismo marcante que as sociedades modernas têm abraçado enfatiza excessivamente a conquista de bens materiais, como a principal forma de realizar-se e ter sucesso na vida.

A crise de valores e as questões éticas apresentam cada vez maior urgência em serem recuperadas, pois temos muitas vezes a impressão de que a dignidade da vida e das relações humanas foi substituída pelo afã do consumismo meramente material. Trata-se, portanto, de matéria urgente a ser recuperada, pois jamais o amor pelos objetos poderá substituir o amor pela vida, sem que resultem graves danos éticos e sociais para o futuro de uma nação. Cabe aqui o anônimo aforismo: "Se as pessoas foram feitas para serem amadas e os objetos para serem usados, porque amamos os objetos e usamos as pessoas?"

O objetivo deste trabalho é tentar colaborar para a correção dessa grave distorção social e educacional da modernidade.

A formação do jovem está hoje centrada na aquisição de informação, numa velocidade cada vez maior, esquecendo-se que cultura e educação nunca foram – e nunca serão – sinônimos de aquisição de informação. Vale aqui mencionar Sócrates, quando aconselhava os mestres na arte de educar os jovens: "Primeiro a educação da virtude e da coragem de ser verdadeiro; depois o conhecimento, porque para isso ele terá a vida inteira e, portanto, não há pressa. Mas, se negligenciarmos esta ordem, a mentira e o vício logo se instalarão e nunca mais poderão ser extirpados".

Se a modernidade oferece ao homem toda sorte de confortos materiais e tecnológicos, porque se depara com tantas pessoas infelizes e desencontradas? Além disso, porque a violência, o consumo de drogas e as desigualdades aumentam, ao invés de diminuírem? Com tantos recursos disponíveis hoje, onde está o tal "mundo melhor"?

Os mitos, dos quais O casamento de Eros e Psiquê é um exemplo, tinham função social e educacional na formação do jovem e assim eram utilizados pelos mestres. Dessa maneira, o autor procurou resgatar esta sabedoria fundamental, onde os atributos essenciais para a construção de um homem civilizado encontram-se tão esquecidos. Vale notar que a transmissão desses mitos não era feita apenas "contando-se a história", mas através do recurso da representação teatral, que tinha incontestável valor didático e cultural.

SÍNTESE DO MITO

O CASAMENTO DE EROS E PSIQUÊ: PARA APRENDER A FAZER TUDO NA VIDA COM AMOR E PAIXÃO

Eros tinha na Antiguidade dois significados: o primeiro, mais profundo e metafísico, descrito por Hesíodo em sua obra "A Teogonia", como "o princípio motor cósmico que tudo une e atrai – dos astros e planetas, até os seres vivos".

O segundo significado encontramos em Homero e é a versão mais popular de Eros. Este é filho de Ares com Afrodite, sendo representado como uma criança dotada de asas e de uma aljava cheia de flechas do amor, que atira a esmo para todos os lados, atormentando a vida dos deuses e dos mortais, com paixões repentinas e inusitadas. Homero conta-nos ainda, numa passagem muito divertida da Ilíada, que Eros causara tantas confusões entre os deuses do Olimpo (pois estava provocando com suas flechas inúmeras paixões indevidas entre os deuses), que o grande Zeus mandou chamar sua mãe Afrodite e disse-lhe: "Dá um irmão para este teu filho sapeca, pois só assim poderemos sossegar um pouco dos tormentos, que suas flechas cheias de amor incendiário estão nos causando".

E assim Afrodite teve com Ares outro filho, que se chamou Anteros, e o significado de seu nome, mais uma vez, é revelador. Vem do grego "Anti" e "Eros". Mas isto não representa o contrário de Eros, porque a palavra "anti" em grego antigo significa "diverso e complementar" e nunca o seu contrário, sendo este significado conferido muito mais tarde nas línguas latinas. Desse modo, Anteros quer dizer o amor diverso e complementar, ou seja, o amor do sexo oposto ou simplesmente de alguém diferente de nós, que haverá de completar-nos.

Vemos que nesta metáfora de Eros e Anteros encontra-se o caminho para todo ser humano, ou seja, todos um dia encontraremos Anteros (uma paixão que nos complemente) e só então poderemos "sossegar". E, realmente, os homens precisam um dia encontrar a pessoa que os complete, para poder cumprir seu destino com serenidade.

Eros, como filho de Ares e Afrodite, será aqui o personagem de nossa história e não o Eros metafísico, que deixaremos para outra ocasião. Tinha várias aljavas cheias de flechas e cada uma delas bem diversa das outras. Uma continha flechas cheias do fogo da paixão; outra continha flechas cheias de desprezo; outra, ainda, tinha flechas doces e, finalmente, uma última estava cheia de flechas amargas.

Também não usava sempre o mesmo par de asas; às vezes voava com asas brancas, que representavam a pureza do amor, mas outras vezes voava com asas de abutre, pois "o amor às vezes é cruel e devorador".

É importante não confundir este Eros que flechava a todos de modo inusitado, com o amor livre e o sexo desenfreado que se pratica hoje. Isto era chamado na Antiguidade de hedonismo, ou seja, o sexo e o prazer como um fim em si mesmo.

O amor de Eros tem um sentido sagrado e o fato de estarmos sujeitos às suas flechadas não significava que estaríamos nos apaixonando por qualquer um e a toda hora.

Psiquê também tem duas versões no pensamento grego arcaico. Mais uma vez, na versão mais metafísica de Hesíodo "é o princípio que anima a matéria formando os humanos" (é o barro primordial que formou a humanidade sendo ele composto dos quatro princípios fundamentais: terra, fogo, ar, água). Já em Homero, é uma belíssima donzela que será o personagem central do mito, que passamos agora a relatar.

Eros gostava sempre de voar com os olhos vendados por sua mãe Afrodite, a deusa do amor e da beleza. Atirava as flechas ao léu (pois o amor é cego). Trazia consigo uma tocha para fazer arder os corações e uma coroa de rosas, para espalhar aos amores correspondidos. Acompanhava também os heróis como Hércules, Teseu e Perseu, pois no amor muito vale a força, a persuasão e a astúcia, mas também a eloquência das doces mentiras. Afrodite e a Fortuna também acompanhavam o amor no início, mas com frequência a desgraça e a pobreza vinham a seguir.

Psiquê era uma princesa belíssima e todos a adoravam, prestando-lhe culto e admiração. Mas, estranhamente, ninguém com ela queria se casar, pois dizia a tradição que a união com alguém muito belo só traria riscos e dissabores. Seu pai, que tinha mais duas filhas, muito desejava que ela se casasse e resolveu então consultar o oráculo de Delfos, para saber o que fazer. Quando foi recebido pela Pítia, (a sacerdotisa de Apolo que fazia as previsões, profecias e vaticínios), ouviu dela aterrorizado que deveria abandonar Psiquê num rochedo próximo da cidade onde morava e que um monstro terrível viria buscá-la. E ainda que, somente assim, suas duas outras filhas poderiam se casar, visto que sendo mais jovens, a lei determinava que somente quando uma filha mais velha se casasse estaria aberto o caminho para o casamento da mais nova. Foi então levada num cortejo fúnebre para ser abandonada no rochedo e a pobre Psiquê lá ficou esperando pela chegada do terrível monstro.

Entrementes, a deusa Afrodite estava muito irada com a infeliz jovem, pois ela esvaziara seus templos, uma vez que todos se dirigiam ao palácio onde morava, para admirar sua beleza deixando de frequentar os templos da deusa do amor e da beleza, Afrodite. Além disso, as leis de Afrodite exigiam entrega ao amor e ela própria não admitia que ninguém amasse algo ou alguém mais do que a ela. Psiquê desobedeceu Afrodite, que declarou: "Quem é amado deve sofrer as consequências; não pode ficar num pedestal sendo admirado, pois somente os deuses podem ser apenas amados e admirados". Assim, vemos que Psiquê representa aquele que vive distante de Eros, pois é amada, mas não ama ninguém, querendo ser apenas contemplada, nada entregando de si.

Voltando a nossa história, Psiquê vislumbrou um lago de águas límpidas, próximo do rochedo onde fora abandonada e para lá se dirigiu, buscando refrescar-se e banhar-se. Afrodite, para dar sequência ao seu castigo, chamou seu filho Eros e disse-lhe: "Vá até onde Psiquê se encontra e faça-a sofrer. Vá com todas as suas aljavas; prepare todas e atire-as de uma só vez. Somente assim ela aprenderá as leis de Afrodite".

E assim, o pequeno Eros, mais do que feliz por poder realizar mais uma de suas travessuras, dirigiu-se ao lago onde estava Psiquê. Encontrando-a, de uma distância segura, tomou seu arco e preparou-se para atirar todas as flechas: as doces, amargas, as cruéis e tantas outras, pois assim é o amor. Mas, no instante em que se preparava para dispará-las, Psiquê voltou o rosto distraidamente em sua direção. Ela não o viu, mas Eros ficou tão deslumbrado com sua beleza, que deixou escapar as flechas, as quais resvalaram ferindo sua mão. O feitiço virou contra o feiticeiro, "o amor foi ferido pelo amor". Ou seja, foi o próprio Eros, para desespero de Afrodite, que se apaixonou por Psiquê.

Eros corre para seu palácio e, refeito da ferida, ordena que lhe tragam Psiquê. O deus dos ventos, Zéfiro, foi encarregado de trazê-la. Ela aguardava um monstro, mas foi de repente envolvida por um vento poderoso, que a levou pelos ares, até chegar num palácio deslumbrante, como nunca vira.

Foi imediatamente vestida com as mais belas roupas sendo levada para um belíssimo salão, onde lhe serviram as mais doces iguarias. Ao anoitecer, foi levada para o seu quarto, onde permaneceu só. Quando a madrugada se iniciava, uma doce figura, que ela não podia ver, devido à escuridão, entrou e deitou-se a seu lado. Teve então a mais extraordinária noite de amor que uma jovem poderia esperar.

Pouco antes do amanhecer, o misterioso personagem partiu, sem que ela pudesse ver seu rosto. E isto repetiu-se noite após noite; sempre adentrava seu quarto, amava-a e silenciosamente partia antes do amanhecer.

Um dia, no entanto, Psiquê pediu-lhe que a deixasse voltar por um dia ao palácio de seu pai, para dizer-lhe o quanto estava feliz e que, na verdade, não se casara com um monstro, mas com a mais doce e deslumbrante das criaturas, embora não pudesse vê-lo. Eros relutou muito em deixá-la partir, alertando-a de que "o amor e a felicidade não devem ser revelados para ninguém" - mas, como ela insistisse, concordou.

Partiu então em direção ao palácio de seu pai e, lá o encontrando, contou-lhe a imensa alegria que estava vivendo. Seu pai, que não esperava mais encontrá-la viva, não podia conter-se de alegria e felicidade. Correu então ao encontro de suas duas irmãs, para contar-lhes também sua alegria, mas elas desdenharam Psiquê. A primeira disse-lhe: "Como podes saber de que ele não é um monstro, se jamais o vistes?" E a segunda completou: "Certamente ele está te engordando, para em seguida devorar-te!" E continuou: "Porque não acendes uma lamparina quando ele estiver dormindo a seu lado, para veres com quem estás? Assim, saberás como temos razão". E Psiquê, ingênua e pueril, ficou extremamente preocupada. Na verdade, o nome de suas irmãs tudo revela: a primeira chamava-se Tristeza, e a segunda Inquietação.

Quando retornou ao palácio de Eros, cheia de curiosidade, seguiu o malfadado conselho de suas irmãs. Ao anoitecer, como sempre, Eros deitou-se com Psiquê, adormecendo depois do amor. Esta tomou uma lamparina e acendeu-a, para ver quem estava a seu lado. No entanto, no momento em que vislumbrou a fulgurante beleza de Eros, assustou-se, deixando cair gotas do óleo ardente sobre a delicada pele de seu amante, fazendo-o despertar.

Este virou-se para ela e disse-lhe: "Quiseste ver o amor; ele não pode ser visto. Você deveria saber que o amor sempre parte quando é conhecido". E assim dizendo, abriu suas asas e partiu.

O palácio imediatamente se desfez e Psiquê voou pelos ares, retornando ao rochedo onde Eros a encontrara. Vale notar aqui o significado desta metáfora: ver o amor significa tentar conhecê-lo racionalmente e não há amor que resista a essa investida. O amor deve ser vivido e aceito, jamais entendido, seja pela razão ou pelo intelecto. A arte de amar passa pelo mistério da aceitação do outro como ele é; perscrutar e querer conhecê-lo "psicologicamente" é rota certa para o desastre. O amor, quando conhecido, morre.

Entrementes, a deusa Afrodite estava mais irada ainda com Psiquê, afinal ela não só esvaziara seus templos, como lhe roubara seu próprio filho, quando o enviou para castigá-la. Dizem ainda que, como toda mãe, estava com ciúmes da nora, afinal de contas, deusas são sogras também...

A pobre Psiquê passou a perambular pelos campos, desesperada e sem saber o que fazer. Foi quando encontrou um templo de Afrodite e para lá correu, na esperança de que, ao fazer uma oferenda à deusa do amor, pudesse ter seu amado de volta. Colheu então flores e incenso, mas ao fazer a oferenda qual não foi a sua surpresa quando a estátua transformou-se na própria Afrodite. Esta disse para a aterrorizada Psiquê: "Agora você se lembrou de me cultuar; agora, depois de esvaziar meus templos e roubar meu filho, que adoeceu por sua causa, pela tristeza de amá-la. Saiba você que agora será castigada. O amor é árdua conquista e requer labor para sua renovação. Você o destruiu com a sua curiosidade. Para ser amada, terá de mostrar o quanto vale, pois só a beleza de nada adianta; só amores superficiais trará. Eu a transformarei em escrava do amor e você tem sorte, devo dizer. Aprenderá sofrendo, pois só assim se aprende a amar. Realizará trabalhos para mim e se passar pelas provas, terá então finalmente aprendido a arte de amar".

A primeira prova que Afrodite lhe deu foi separar os cereais de vários tipos num só dia. Era uma tarefa imensa, pois eram de muitas qualidades e em quantidade enorme. Mas as formigas condoeram-se de Psiquê e ajudaram-na. Desse modo, ela conseguiu realizar o feito, para surpresa de Afrodite. Conquistara assim a primeira etapa da arte de amar; esta passa pelo aprendizado de viver e obter as coisas fundamentais, que são os alimentos.

A segunda prova foi tosquiar belíssimos carneiros com lã de ouro. Afrodite queria sua lã para tecer um casaco para si própria. No entanto, eles eram carnívoros e foi o deus Hélios (o Sol) que dela condoeu-se desta vez e disse-lhe: "Cuidado! Você terá de atravessar um rio para chegar até eles, mas somente poderá fazê-lo quando eu estiver no alto de minha carreira. É só neste momento que eles estarão dóceis, deixando-se tosquiar e não a devorando. Assim o fez Psiquê, conseguindo colher a lã, para enorme surpresa de Afrodite".

Esta decidiu então dar-lhe o terceiro e decisivo trabalho: "Minha beleza cansou-se com os dissabores que você me proporcionou; quero que desça até o Hades (o mundo subterrâneo dos mortos) e vá até a deusa Perséfone, pedir-lhe algo que só ela possui: a caixa da beleza eterna, pois só com ela recuperarei o meu eterno fulgor, que você desgastou".

A pobre Psiquê, desesperada, não viu outra saída senão atirar-se do alto de um penhasco para morrer; só assim poderia entrar no mundo dos mortos. Mas o deus Hermes, o único que poderia adentrá-lo, condoeu-se e veio em seu auxílio, para levá-la viva. Pôde chegar até Perséfone, que lhe entregou a misteriosa caixa com a seguinte recomendação: "Cuidado ao levá-la para Afrodite; lembre bem que só os deuses podem abri-la". Partiu então para o longo caminho de volta à superfície da terra. No caminho, no entanto, começou a divagar: "Se a deusa Afrodite, que é imortal, tem a sua beleza cansada e desgastada, que dirá de mim, que sou uma pobre mortal e tanto tenho sofrido no meu amor e nestes árduos trabalhos? Acho que ela não se incomodará se eu abrir a caixa e retirar um pouco da beleza eterna para mim, recuperando assim o meu frescor também". E assim o fez; mas, no momento em que a abriu, de lá escapou o "sono Estígio" (era o sono dos mortos, ou seja, o eterno custa a morte a nós, pobres mortais).

Somente os deuses podem almejar a beleza eterna e, se algum mortal cobiçá-la, encontrará em seu lugar a morte. Isto serve de alerta para aqueles que passam a vida buscando conservar para sempre a sua beleza; na verdade, desgastam-se tanto nessa busca inútil que param de viver, conservando-se e economizando-se incansavelmente. O resultado é que não alcançam a beleza eterna dos deuses e, ainda por cima, desperdiçam sua vida em rituais de contenção e conservação; morrem duplamente. Não vivem como mortais, muito menos como imortais...

Zeus, que tudo acompanhara, considerou então que Psiquê já sofrera o suficiente e que Afrodite deveria com ela reconciliar-se. Ressuscitou-a, utilizando seus poderes e tornou-a imortal. Ordenou a seguir que se celebrasse no Olimpo o casamento de Eros com Psiquê, mediante o seguinte juramento, que deveria de ora em diante ser praticado por todos os mortais:

"Jura, jura que nada farás nem dirás em tua vida, que não seja em nome de Eros (o amor verdadeiro)".

O significado desta metáfora é da maior importância, porque representa a união necessária de nosso psiquismo com Eros, para podermos encontrar nosso destino (caminho) e vivermos aqui na Terra. Ou seja, o único caminho proposto aos homens, pelos deuses, é viver apaixonado por tudo, e isto começa por amarmos e aceitarmos quem somos e o outro como é realmente, e não aquilo que idealizamos de nós e dos outros.

APRESENTAÇÃO DA PEÇA

1º ATO

CENA 1

A Discórdia Entre Zeus e Afrodite

Estamos no Olimpo da Grécia Antiga; por todos os lados, vislumbram-se maravilhosos palácios de cristal, que são as moradas dos deuses.

Num deles, Zeus, o grande senhor do Olimpo e Afrodite, a deusa do amor, discutem acaloradamente sobre as traquinagens de Eros, essa terrível criança alada que, com suas flechas implacáveis do amor, causa um terrível rebuliço no Olimpo.

Descortina-se o palco e surgem Zeus e Afrodite.

ZEUS

Afrodite, filha querida, assim não dá mais! Ninguém mais aguenta este menino alado.

AFRODITE

Mas o que foi que meu anjinho fez, pai querido? Ele é apenas uma criança sapeca, como todas são!

ZEUS

É, mas ele não para de flechar a esmo quem lhe apetece entre nós e, por conta disso, a cada instante estamos nos apaixonando por quem menos esperamos e não conseguimos conter essa fúria.

AFRODITE

Mas meu pai querido, que posso fazer se este meu filho é ingovernável?

Seu prazer sempre foi flechar a tudo e a todos, e digo mais:

Ele atira não só a esmo, mas dispara flechas duplas, doces e amargas a um só tempo...

ZEUS *(interrompendo brabo)*

O que só aumenta a confusão que este danado está causando aqui no Olimpo!

Onde se viu uma coisa dessas?

Nem os deuses podem mais governar seu coração, por causa das peraltices de teu filhinho querido, Eros!

Francamente, não sei o que fazer.

AFRODITE

Reconheço que para piorar as coisas ele tem o péssimo costume de muitas vezes usar não asas brancas, mas asas de abutre para quando flechar a quem bem lhe aprouver, este sofra com amores árduos.

Na verdade, grande pai, o amor é assim; pode ser doce ou amargo e pode ser puro ou sombrio.

ZEUS

Mas não para nós, deuses, minha cara filha! Assim não dá mais.

Nós aqui no Olimpo não podemos continuar sujeitos aos caprichos de Eros; isto é para os mortais.

Foi para isso que eu os condenei, pois os grandes amores que tanto buscam levam à glória ou à ruína um homem ou um estado, tanto faz. Isso é próprio da condição humana, não dos deuses.

AFRODITE

Que devo fazer então, grande pai dos deuses e dos mortais?

Já tentei de tudo, mas Eros é o próprio amor, não obedece a ninguém!

ZEUS

Ordeno-te que dês um freio em teu filho aqui no Olimpo e, para tanto, bastará que ele tenha um irmão, pois só assim crescerá.

Este irmão terá o nome de Anteros – pois só assim sossegará.

O coro descreve o nascimento de Anteros.

CORO

Salve Anteros! Tu és o amor complementar – que faz com que qualquer homem serene e encontre o sentido de sua vida.

Mas cuidado! Anteros não é o terrível Hímeros, também conhecido pela volúpia. Vocês sabem o que queremos dizer! É aquele desejo de possuir o outro apenas por possuir – e depois dele se livrar!

Não! Anteros é o contrário da volúpia, pois busca o outro sem medo de se comprometer no amor. Mas a volúpia foi criada por mãe madrasta.

Sabem o seu nome? Ela se chamava Usura, sim, aquela que usa e abandona, como se o outro que amamos fosse algo para gozar e descartar!

Anteros é o encontro do outro e serena o mais selvagem dos corações, fazendo mergulhar no voo do encontro e da paz de amar, que não precisa ser para sempre, mas que também não pode ser uma eternidade feita de minutos.

Enquanto isso, ao fundo da cena, nasce Anteros, que é vestido e preparado pelo próprio coro.

CENA 2

Do Nascimento do Humano Primordial

Surge ao fundo da cena o titã Prometeu, moldando um boneco de barro com forma humana. Zeus surge em cena e pergunta:

ZEUS

Que fazes aí Prometeu?

PROMETEU

Estou a criar uma forma semelhante aos deuses para povoar a Terra. Poderias tu, grande Zeus conceder animá-la com o sopro da vida?

ZEUS

Posso fazê-lo, mas será que tua criação obedecerá às leis da dignidade, da criação e da vida?

PROMETEU

Mas é claro, grande Zeus. Tudo farei para tanto...

ZEUS

Por via das dúvidas, vou dividí-lo em duas metades, assim que lhe conceder o sopro da vida e condenarei cada uma a procurar a parte perdida. Assim, terão menos tempo para guerrear e mais desejo para amar.

Mais ainda, criarei em seu interior uma força inexorável que chamarei de Psiquê e ordeno que ela eternamente se apaixone por Eros.

Assim, teu boneco será animado por Psiquê e condenado a eternamente buscar Eros, se realmente quiser viver.

PROMETEU

Mas grande Zeus! Porque tanto desconfias de minha criação?

É claro que os humanos primeiro seguirão tua justiça, e só depois a mim!

ZEUS

Esta é a condição que imponho para a criação dos homens, pois nenhum poderá viver aqui na Terra, seja homem ou mulher, se não buscar a força de Eros.

Todos que ousarem negar esta lei serão meros zumbis, ou seja, estarão por mim condenados a viver sem realmente viver.

CENA 3

Do Nascimento de Psiquê

Surge ao fundo do palco Psiquê, bela e fulgurante.

Ao seu lado estão Zeus e sua esposa Hera, e as Parcas tecendo o seu destino; uma tece o fio da vida, a segunda enrola o fuso e a terceira corta-o.

O coro descreve o mistério e o tamanho da vida de cada um, e a trama de seu destino.

ZEUS

Para que cada humano possa existir, concedo-lhe a Psiquê.

Mas esta força belíssima e fulgurante que lhes traz caráter, individualidade e personalidade, nada será sem a força de Eros, que pode parecer desvario, mas é na verdade a arte de viver apaixonado pela vida.

Declaro ainda que o destino da bela Psiquê seja unir-se ao fulgurante Eros e por ele correr os riscos necessários para viver, pois a vida não é nada sem a força de Eros.

Hino para a glorificação de Eros

CORO

Quem és tu Eros?
Nasceste do ovo cósmico!
Eis a força que tudo une
E assim mantém,
Tu atrais para o desconhecido
Em armadilha implacável.
Arrancas da saia da mãe
E do seguro e conhecido.
Talvez que possas matar
Por encantar e depois abandonar,
Mas és a única possibilidade
De renovar a morte em vida.
Somente tu, Eros, fazes
O Fênix das cinzas renascer.
És divino, porém monstruoso,
Pois quem tuas sendas percorre,
Sabe do início, mas ignora o fim.
Esta é a tua arte de amar;
Sim, bem sabemos das tuas asas.
Ora são alvas e angelicais -
Pois assim é às vezes o voo do amor,
Mas por vezes são as negras do abutre,
Pois têm a cor do descaso e da tristeza.
Assim é a queda do amor;
Ele pode ser glorioso ou triste e cruel
Quando assim o determinas.
Tuas flechas! Quão terríveis são tuas flechas!

Algumas são doces como o mel,
Porém outras são amargas como o fel.
E sabes atirar as duas juntas
Para nos fazer amar e sofrer ao mesmo tempo.
És tão sapeca,
E te comprazes com o sofrimento dos humanos.
Até com os deuses te divertes
E gostas de voar com os olhos vendados
Disparando a esmo tuas flechas doces e amargas.
E ainda brincas declarando:
O amor é cego! Que posso fazer?
Como és doce e cruel ao mesmo tempo!
Trazes contigo uma tocha
Para fazer arder os corações
No fogo das paixões,
E uma coroa de rosas
Para cercar os amores correspondidos.
Hércules sempre te acompanha;
Só assim imprimes coragem às tuas flechas
Claro! Sem coragem nenhum amor pode se realizar.
E Hermes também jamais te abandona.
Pode o amor existir sem astúcia e artimanha?
Só o amor sem graça,
Só o amor medíocre.
Além disso, tu, Eros, exiges eloquência.
Aquele belo discurso apaixonado,
Pois só ele pode despertar o coração.

2º ATO

CENA 1

No palácio da princesa Psiquê

Estamos no belíssimo palácio de um rei que tem três filhas, sendo a mais velha chamada Psiquê.

Há muito movimento neste palácio, pois corre por toda a Grécia que Psiquê é a mais bela das mortais e de todos os cantos acodem príncipes para admirar a sua beleza.

CORO

Como és bela Psiquê!

Mas é estranho, pois tantos belos príncipes vêm admirar sua beleza e ninguém ousa pedir tua mão em casamento.

Por que será?

AFRODITE

Psiquê desobedeceu minhas leis e ela há de pagar por isso.

Além disso, esvaziou meus templos, a danada.

Agora todos os homens acodem a seu palácio para admirar sua beleza, esquecendo-se de cultuar meus templos.

Maldita! Ela pagará caro por isso.

Ela esquece que quem é amado deve sofrer as consequências do amor; não se pode ser apenas amado aqui na Terra, pois isto só é permitido aos deuses.

CORO

Mas o palácio está cheio de admiradores e seu pai está aflito e não sabe o que fazer!

REI

Deuses do Olimpo!

Que devo fazer para que alguém peça a mão de minha filha Psiquê em casamento?

Tenho ainda mais duas filhas para dar em casamento e a lei é clara: enquanto Psiquê não contrair núpcias, as outras devem aguardar porque ela é a mais velha, e as mais jovens devem esperar sua vez.

CORO

Grande rei! Consulte o oráculo de Delfos!

Somente sua grande profetiza, a Pitonisa, poderá lhe dizer o caminho a seguir e desvendar o mistério de porque tantos admiram a beleza de Psiquê, mas ninguém ousa com ela casar.

REI

É o que farei!

Sem dúvida a Pitonisa, a grande vidente, terá a resposta para este mistério que atordoa o meu coração.

CORO

E assim partiu o rei para Delfos, com grande comitiva, em busca da almejada resposta!

Lá chegando pediu consulta para o oráculo.

REI

Grande Pitonisa! Quem tudo sabe! Responde por que minha primogênita, a bela Psiquê, tão admirada por todos os homens, não é por nenhum escolhida em casamento?

PÍTIA *(ou Pitonisa)*

Psiquê traiu o juramento a Eros.

Vive sem amor porque é amada, mas não ama ninguém; quer apenas ser admirada e não aprendeu ainda a se entregar ao amor.

Nada pode ser feito sem Eros.

Nada pode ser criado sem Eros.

O destino de sua filha será casar-se com um monstro.

Ordeno que a leve em cortejo fúnebre para um promontório próximo de sua cidade e lá a abandone, deixando que seu destino se cumpra.

O rei partiu de Delfos com o coração despedaçado perante tão terrível profecia, mas era homem de profunda fé e estava determinado a cumprir as ordens do oráculo.

CENA 2

As Bodas de Psiquê

Chegando à sua cidade, chamou seus servos e declarou:

REI

Preparem minha filha Psiquê para suas bodas.

Não será uma festa, mas um triste cortejo, pois será levada até o local determinado pelo oráculo e lá abandonada.

Assim se cumprirá o seu destino, pois está fadada a contrair núpcias com terrível monstro.

CORO

E assim partiu o cortejo, levando Psiquê para um ermo local onde foi largada à espera do monstro que viria buscá-la.

Enquanto isso, a deusa do amor Afrodite estava muito braba:

AFRODITE

Venha cá, meu filhinho Eros!

Tenho uma tarefa para ti, do jeito que gostas.

Dou-te a oportunidade de lançar tuas flechas, todas elas, doces e amargas, a esmo, contra Psiquê para castigá-la.

Assim ela aprenderá todo o sofrimento que o amor exige e nunca mais se atreverá a esvaziar meus templos.

Quem pensa que é?

Vai e dispara contra ela todas as tuas flechas!

Para que ela se apaixone muito e por isso tanto sofra, dia e noite – noite e dia!

EROS

Mãe querida!

Quer dizer que posso usar todas as flechas que bem me aprouver?

Olha bem! Tenho flechas doces como o mel e também amargas como o fel.

Além disso, tenho flechas perfumadas como as rosas,

Mas também outras cruéis que muito fazem chorar.

Mais ainda, posso voar com asas brancas para trazer paz ao amor...

E posso usar também minhas asas de abutre, para tornar este amor sofrido e cruel!

Permites mãe querida que use tudo de uma vez?

AFRODITE

Claro, filhinho sapeca!

É isso que espero de ti!

Tens de mim toda a liberdade para fazer o que bem quiseres!

CORO

Nem bem Afrodite terminou de falar, o pequeno Eros partiu como uma flecha, com todas as suas aljavas e asas.

Estava feliz com as travessuras que agora poderia realizar com a pobre Psiquê.

Mas mal sabia que até para ele o destino surpresas reserva.

Encontrou-a a banhar-se num rio próximo do promontório em que fora abandonada por seu pai.

Era já o cair da tarde e ela, como todas as moças faziam, preparava naturalmente sua higiene diária.

Eros não perde tempo e imediatamente prepara seu arco para disparar todas as flechas ao mesmo tempo: as doces, as perfumadas, as amargas, as do desprezo, as devoradoras e as cruéis.

Deuses do Olimpo! Que horror! Eu não queria estar na pele da pobre Psiquê!

Além disso, vestiu suas asas brancas e negras ao mesmo tempo, pois queria levar a Psiquê o mais árduo dos sofrimentos: o amor ambíguo!

CENA 3

Eros Prepara-se Para Flechar Psiquê, Mas É Flechado Por Si Mesmo e Por Ela Se Apaixona

EROS

Acho que desta vez vou caprichar e colocar uma venda em meus olhos, pois nada me apetece mais do que atirar minhas flechas ao léu. Afinal de contas, minha querida mãe sempre disse que “o amor é cego”. Além disso, vou atirar contra ela essa tocha acesa, pois é assim que eu gosto; adoro ver arder os corações.

Tola, ela nem desconfia que no amor muito valem meus grandes amigos: Hércules, porque é a força, e Hermes porque é a astúcia e a eloquência. Minha mãe sempre disse que a fortuna acompanha o amor no início, mas a desgraça e a pobreza logo vêm também.

Mal sabe Psiquê, coitada, que o amor pode levar à ruína os homens ou estados inteiros, tanto faz; este é o meu poder.

Qual! Os homens não sabem que nunca se pode ser rico, amado e feliz ao mesmo tempo. He, he, he...

CORO

E então, Eros retesou seu arco, preparando-se para disparar todas as flechas ao mesmo tempo.

Mas, distraidamente, Psiquê voltou seu rosto na direção de Eros, que perdeu sua respiração ao vislumbrar a extraordinária beleza de seu rosto.

EROS

Por Zeus! Como és deslumbrante!

Nunca vi nada tão belo e encantador!

CORO

Seu coração batia a todo vapor e esqueceu-se momentaneamente do arco retesado com as terríveis flechas.

Foi então que sua mão deixou todas escapar ao mesmo tempo.

As flechas imediatamente partiram desgovernadas pela mão do desatento arqueiro e, quem diria, resvalaram ferindo suas próprias mãos!

Eros sentiu-se perdidamente apaixonado por Psiquê, ao ser atingido por suas próprias flechas.

Como diz o ditado, foi tosquiar e saiu tosquiado.

No entanto, as flechas desgovernadas, depois de atingirem as mãos de Eros, perderam-se em voo cego pousando muito longe de Psiquê.

E esta nada percebeu do que se passava!

Mas e agora? E agora?

EROS

Por Zeus! Como és deslumbrante! Nunca vi tanta beleza!

Agora entendo porque ninguém ousou te amar.

Tu és a própria armadilha do amor!

Pois eu, o próprio Eros, deus do amor, entregaria para ti toda a minha paixão. Que digo eu? Estou ficando louco?

Eu, o próprio amor, apaixonado por alguém, quando todos deveriam me amar?

Deuses do Olimpo! Caí vítima de minha própria armadilha!

Flechei a mim mesmo e agora estou perdidamente apaixonado por alguém que deveria por mim se apaixonar.

Terei que conhecer as doçuras e agruras do amor!

Eu, aquele que espalha o amor com dor e sofrimento, sofro agora suas consequências.

Amo-te perdidamente Psiquê!

CORO

Eros parte imediatamente para seu palácio no Olimpo.

Lá chegando, trata de refazer sua ferida e em seguida ordena que tragam Psiquê para seu palácio.

Encarrega o deus dos ventos, Zéfiro, de levar uma carruagem de ouro até ela e, em seguida, a recolher pelos ares até seu palácio.

Mas a bela Psiquê continuava a banhar-se e qual não foi sua surpresa quando uma belíssima carruagem, conduzida por quatro cavalos brancos, desceu do céu.

Temerosa, achou que o monstro chegara para buscá-la, como previamente declarara o oráculo de Delfos.

No entanto, dois anjos enviados por Eros convidam-na para adentrar a carruagem que imediatamente subiu pelos ares.

Em poucos instantes, deparou-se com um deslumbrante palácio de cristal, que pairava nas nuvens e foi convidada a descer.

Tudo era maravilhoso e logo foi vestida como deusa e levada para aposentos magníficos.

Mas estava só, completamente só.

Pela noite, Eros surge sorrateiro em seu quarto e declara:

EROS

Bela Psiquê! Posso vislumbrar-te, mas tu não podes ver-me.

E assim sempre será!

Virei todas as noites a teu encontro e invisível te amarei.

A cada amanhecer partirei, mas só depois de muito te amar.

Eu sei que terei o desgosto de perder-te a cada dia, mas também a glória de encontrar-te a cada noite.

Sabe, bela Psiquê: assim é o amor, ele sempre parte a cada amanhecer para logo retornar ao anoitecer.

Lembra bem, pois esta é a lei dos amantes: encontrar-se a cada noite e perder-se a cada amanhecer.

PSIQUÊ

Pelos deuses! Quem é aquele que me ama assim?

Nunca imaginei que o amor tivesse uma beleza invisível.

Será que é meu destino jamais poder ver quem é meu amor, quem é meu misterioso esposo?

Disseram-me que eu me casaria com um terrível monstro, mas se é assim, deve ser porque o amor é tão belo e maravilhoso que nos parece monstruoso.

Qual! Nada disso deve ser verdade.

É que quando somos tomados pelo amor, pela sua extraordinária beleza, não somos mais capazes de nada enxergar.

Começo a entender que o verdadeiro amor somente pode surgir no desconhecido.

CORO

E assim, cada noite Eros retorna silencioso para o leito de sua amada Psiquê, que, no entanto não pode jamais vê-lo.

Transcorrem horas e horas de intenso amor e paz.

Após o amor, Eros adormece ao seu lado até o amanhecer, mas pouco antes que correr o risco de tornar-se visível, sorrateiramente parte, para que Psiquê não possa vislumbrar sua indescritível beleza.

E assim este ritual repete-se por muitas e muitas noites até que um dia, após grandes momentos de amor, Psiquê suplica a Eros que lhe dê permissão para visitar seus pais, em seu palácio na Terra.

Queria muito que soubessem que não estava morta nem infeliz, ao contrário, estava cercada de amor e não se casara com um monstro que iria devorá-la, como tinha predito o oráculo.

CENA 4

Psiquê Retorna ao Palácio de Seus Pais Para Comunicar Sua Alegria

PSIQUÊ

Meu grande amado! Concede-me o favor de visitar meus pais, pois tanto queria contar-lhes o que comigo se passa.

Estou tão feliz e com monstro algum me casei. Deixa-me compartilhar com eles minha felicidade!

Quero que saibam que estou viva e radiante.

Apreensivo, Eros responde:

EROS

Tens certeza que queres contar a outros sobre tua felicidade?

Pensa bem: a ninguém devemos contar quando somos felizes no amor; esta é uma imprudência grave que os mortais cometem.

Em verdade digo-te que é muito árdua a conquista da felicidade no amor e não deve ser confessada para ninguém.

Há mais ciúmes e inveja do que imaginas entre os mortais e não te esqueças, bela Psiquê, ninguém suporta ver ninguém bem, sendo muito raras as exceções.

PSIQUÊ

Mesmo assim deixa-me ir! Suplico-te!

Não suporto a sensação de não poder dividir minha felicidade com meus pais, especialmente sabendo que pensam que estou morta.

EROS

Sendo assim, concedo que retornes a Terra para realizar teu propósito, mas lembra bem dos riscos de que te alertei!

CORO

Eros ordena então que preparem a carruagem para o retorno de Psiquê à Terra. Levando muitos presentes ela parte para o palácio de seus pais.

Lá chegando, entra cheia de alegria por todos chamando. Imediatamente seus pais e suas duas irmãs correm ao seu encontro, não acreditando no que veem.

Seus pais estavam exultantes de felicidade, mas não eram estes os sentimentos de suas duas irmãs.

PSIQUÊ

Pais queridos! Eis-me aqui plena de alegria e felicidade.

Trago-vos pequenos presentes como prova de que estou casada com alguém que me ama profundamente e que não é um monstro, ao contrário, é de uma beleza ímpar.

CORO

Seus pais não cabiam de felicidade, mas, notem bem, este não era o caso de suas duas irmãs!

AS DUAS IRMÃS

Mas afinal, quem é ele? Qual é seu nome? Não se trata apenas de um amorzinho passageiro? Um desses que a gente ama e esquece logo no dia seguinte? E nem fica sabendo o nome depois?

PSIQUÊ

Na verdade não sei. Nem mesmo posso vê-lo.

Apenas sei e sinto que me ama intensamente!

Tenho certeza que não se trata de amor passageiro, pois meus sentimentos por ele perduram.

AS DUAS IRMÃS

Mas que absurdo! Se não sabes quem é, nem mesmo podes vê-lo, como podes garantir que não te casaste com um monstro que, na verdade, tão bem te trata como preparação para logo te devorar!

Temos certeza de que está mal intencionado e apenas quer te consumir no fogo das paixões para logo depois te abandonar. Sempre foi assim a ilusão do amor, pois sabemos bem como é conveniente esta pretensa arte. Não acreditamos nem um pouco nestas coisas que dizem os chamados mestres: “Eros somente pode estar a serviço da nobreza, da beleza e da bondade.”

Qual! Tudo isto não passa de tolices! Bem sabemos que o encontro nada mais é do que um jogo de interesses e conveniências.

E não diga que não te avisamos!

PSIQUÊ

Irmãs queridas! Isto não é possível!

Ele tudo me concede e tenho as mais belas noites de amor.

Nada me falta e todos os meus sonhos e desejos são por ele prontamente atendidos.

Apenas não posso vê-lo e toda noite parte antes do amanhecer, para logo retornar ao anoitecer.

Sou amada e adorada; que mais poderia desejar?

Ele é para mim a mais absoluta expressão da nobreza, da beleza e da bondade!

Na verdade, sinto para com ele profundo débito, pois não me considero ainda à altura de corresponder-lhe em seus sentimentos e entrega.

Parece-me que ainda tenho muito a aprender e não creio em outra força que possa mover o amor que não seja o nobre, o bom e o belo!

AS DUAS IRMÃS

Pois a nós isto cheira embuste.

Se não podes vê-lo, quem garante que não te deitas a cada noite ao lado de um monstro?

Na verdade temos certeza que sim.

Queres a prova? Por que não acendes uma lamparina para vê-lo, quando ele está deitado ao seu lado dormindo, após o amor?

Temos toda a certeza de que assim saberias se é realmente um monstro aquele que está ao seu lado e se prepara para devorar-te.

PSIQUÊ

Que dizem queridas irmãs?

Será que estou tão enganada assim? Não é possível!

Pois ele é tão terno e amoroso comigo!

AS DUAS IRMÃS

Pois então faz a prova, Psiquê. Não te custa nada!

Assim poderás conferir o que dizemos e saberás como somos tuas amigas, pois só queremos prevenir-te dos males que podem te advir.

CORO

E as duas invejosas e rancorosas irmãs ficaram satisfeitas em ver a bela Psiquê tomada de dúvidas e incertezas.

Também pudera! O nome da primeira era Tristeza e o da segunda Inquietação... Na verdade dizem que tinham outros apelidos também: Conveniência e Interesse!

E assim Psiquê parte de volta para seu palácio no Olimpo com o coração pleno de tristeza e inquietação.

Lá chegando, é recebida com toda a pompa de sempre; vestem-na e preparam-na para receber Eros em seu leito.

E, de fato, assim acontece ao anoitecer. Eros adentra em seu leito como de costume, para mais uma grande noite de amor.

Adormece ao lado de Psiquê, mas esta, atormentada por suas duas irmãs, não resiste e corre a acender uma lamparina, ansiosa por conhecer quem estava realmente ao seu lado.

Quando a luz se aproxima de seu amante, qual não é o espanto de Psiquê!

Vislumbra o que há de mais belo que a natureza humana jamais poderia conhecer, pois tem ao seu lado ninguém menos do que o belo e fulgurante Eros.

Aturdida com sua extraordinária beleza deixa escapar algumas gotas ardentes da lamparina, que caem sobre a alva pele de Eros.

Este imediatamente desperta pelo choque do azeite ardente e exclama:

EROS

Bela Psiquê! Que imprudência cometeste!

Eu não te avisei? Por que quiseste me conhecer?

Não sabias que o amor sempre parte quando é conhecido?

Que tola foste! O amor, para sobreviver, deve ser um segredo guardado a sete chaves.

Quem ama de verdade não precisa conhecer a fundo quem ama, basta amá-lo.

O amor só é possível quando guarda um quê de desconhecido, pois só assim ele excita o desejo e a imaginação!

CORO

Nesse momento, Eros abriu suas asas e pela janela desapareceu, para desespero de Psiquê.

Instantes depois, o castelo em que vivia no Olimpo desfaz-se e ela vê-se abandonada no mesmo promontório onde fora antes encontrada por Eros.

Desesperada, não sabe mais o que fazer e somente pensa em como recuperar o amor de seu extraordinário amante.

Perambula pelos bosques em busca de algo que possa iluminar sua dor e seu caminho.

Vislumbra então, no topo de uma colina, um templo da deusa do amor, Afrodite.

Não tem dúvidas de que é para lá que deve acudir pedindo socorro, para trazer seu amor de volta.

Prepara incensos e colhe um ramo das mais belas rosas vermelhas, que eram obrigatórios para quem quisesse suplicar por um amor perdido.

De posse de tudo isto, adentra o templo da deusa do amor Afrodite e tudo deposita em seu altar suplicando que lhe traga Eros de volta.

Mas qual não foi sua surpresa quando a estátua de Afrodite transformou-se na própria deusa.

AFRODITE

Ah! Agora vens ao meu altar!

Agora precisas finalmente de mim!

Tu que esvaziaste meus templos fazendo com que todos fossem ao teu palácio, tua beleza admirar!

Quem tu pensas que és, pobre mortal!

E como tudo isso não bastasse meu pobre filhinho, Eros, está lá acamado, doente de amor por ti!

E eu ainda, como pobre mãe, mesmo sendo deusa imortal, tenho que dele cuidar!

O pobrezinho está lá doente de amor por ti!

E agora vens aqui acudir e pedir-me ajuda!

Pois sim! Eis o que farei para que tenhas o castigo que mereces!

PSIQUÊ

Não! Não! Poupa-me grande Afrodite!

Nunca desejei que o belo Eros sofresse por minha causa!

Foram minhas irmãs que me induziram a esse erro, que reconheço ter sido fatal!

Perdoa-me grande deusa! Apenas quis saber quem estava ao meu lado.

AFRODITE

Tola e ingênua!

Como ousaste querer conhecer com teus olhos o amor!

Meu filho alertou-te e de nada adiantou.

Deverias saber que o belo e o amor foram feitos para serem dados, pois esta é a minha lei.

Aquele que ousa conhecer o amor, na verdade quer negociá-lo e assim destrói sua beleza e mistério.

Além disso, considero este ato supremo egoísmo, pois assim queres governar o amor.

Não! O amor não se governa, ele nos governa!

Como não sabes ainda que minhas leis exigem a entrega perante a nobreza, a beleza e a bondade de meu filho, Eros!

Quiseste tudo para ti e nada entregaste além da curiosidade!

Isto é volúpia vulgar, não amor.

Esta é minha lei e a ela não te submeteste; quiseste ser amada e nada entregaste de teu amor ao meu filho Eros.

Não entendeste o privilégio que tiveste de ser amada pelo próprio Eros e isto te custará muito caro.

Eu te declaro a partir de agora minha escrava.

Sim! De agora em diante serás escrava do amor.

E tens sorte, minha querida!

Doravante dar-te-ei tarefas para que aprendas a árdua arte de amar que consiste na entrega e no compartilhar!

CORO

Pois é! Psiquê adentrou o templo de Afrodite que, por sua vez, surgiu em todo esplendor, para seu espanto.

A deusa determinou que Psiquê fosse de ora em diante sua escrava, pois somente assim aprenderia a arte de viver e amar.

Na verdade, a deusa estava muito irada com Psiquê, pelo fato de somente receber o amor sem nada dar em troca.

É que a lei de Afrodite é implacável quanto a essa questão e determina que o belo e o amor foram feitos para serem dados, e jamais para serem apenas usufruídos.

3 ATO

DOS TRABALHOS DE PSIQUÊ

CENA 1

Psiquê Suplica o Retorno de Eros À Deusa Afrodite

AFRODITE

Faço de ti agora minha escrava, pois somente assim aprenderás as árduas sendas que levam à arte de viver e amar.

Pensaste que seria fácil ter em seus braços Eros, o próprio deus do amor?

Pensaste que por seres bela merecerias ter o amor de Eros para sempre, sem nenhum esforço?

Bem se vê que não tens noção de como é árdua a conquista e como requer constante labor para a sua renovação.

Como és bobinha!

Não entendes ainda que, para seres amada, tens de mostrar o quanto vales.

Assim como és, nesse teu estado bruto, tua beleza apenas serve para amores egoístas, superficiais e efêmeros.

Bem se vê que estás a serviço da volúpia e do egoísmo!

Quem pensas que és, apenas porque tens um belo rosto e corpo?

Sabe que isto de pouco serve para as minhas leis.

Eu te ensinarei, no entanto, as sendas do amor verdadeiro.

Vai, escrava minha; e tens sorte em te tornares escrava do amor.

E será belo e útil o que aprenderás por mim, sofrendo!

CORO

E assim a pobre Psiquê é transformada em escrava do amor por ninguém menos que a deusa Afrodite – a própria deusa do amor.

Está agora a seu serviço e começa a compreender que a arte de amar exige longa preparação e dedicação.

CENA 2

Afrodite Dá-Lhe O Primeiro Trabalho: Organizar Seus Celeiros

AFRODITE

Estás vendo estes imensos celeiros onde guardo meus cereais?

Lá se encontram misturados o trigo, a cevada, as lentilhas, as ervilhas e os feijões.

Exijo que os separes e coloques cada um num celeiro antes do anoitecer!

Ou pensavas que para sempre alguém encheria teus celeiros?

Vai e trabalha tola sonhadora!

Pois é com eles que se vive e são eles que alimentam teu estômago e coração.

E somente com eles bem guardados e separados é que poderás a noite sonhar e amar.

Sim! Sem esta ordem e busca, só há pobreza e tristeza!

CORO

A pobre Psiquê caiu em desespero perante tão terrível tarefa!

Como fará? Não tem a menor noção e muito menos preparação para realizar esta hercúlea tarefa.

Mas o deus da luz e do Sol, Hélios, aquele que tudo vê, há de condoer-se de sua condição e envia-lhe um imenso exército de formigas obreiras que a salvam, separando e organizando os cereais, com sua extraordinária capacidade de trabalho e perseverança.

PAUSA DO CORO.

Ao cair da noite, a deusa Afrodite retorna para conferir o trabalho de Psiquê.

Estupefata, confirma aquilo que não esperava: os silos estavam todos em ordem, e cada cereal em seu devido lugar.

AFRODITE

Não acredito que conseguiste!

Não te valeste de algum truque ou auxílio?

Como é possível que tenhas realizado esta tarefa sozinha?

PSIQUÊ

Grande deusa! Quem sou eu para ousar mentir!

Está aí o resultado de meu trabalho para que possas conferir.

E devo agradecer-te, pois agora sei como é precioso para o amor esta arte de guardar e organizar nossos celeiros.

Entendo agora que eles são a garantia de uma casa plena e que sem isso, não há amor que sobreviva ao tempo.

CENA 3

O Segundo Trabalho De Psiquê: Tosar Os Carneiros De Lã De Ouro

AFRODITE

Está bem! Vou aceitar e considerar que este trabalho lhe foi útil, embora custe a crer que o tenhas realizado sozinha.

Mas eu tenho mais uma tarefa para ti e trata-se do seguinte:

Existem belos carneiros cuja lã é de ouro, do mais puro ouro, que habitam a outra margem do rio onde ora nos encontramos.

O inverno está chegando e eu, como grande deusa do Olimpo, necessito tecer um novo casaco com a lã desses carneiros:

Nada menos do que isso estaria à altura de minha divindade, claro! Quero, portanto, que atravesses o rio e vás tosá-los, trazendo para mim sua lã de ouro.

Assim poderei ordenar às fiandeiras do Olimpo que teçam meu casaco para o próximo inverno.

CORO

Psiquê considerou esta tarefa espantosamente fácil. Afinal, que dificuldades poderia ter alguém em tosar a lã de carneiros, mesmo sendo de ouro?

Logo na manhã, seguinte Psiquê prepara-se para atravessar o rio e tosar os carneiros, mas eis que ao iniciar a travessia, Hélios, o deus do Sol, alerta-a:

HÉLIOS

Cuidado Psiquê!

Não é esta a hora para atravessar o rio!

Esta travessia te será fatal, fora do horário que eu determinar.

Para tanto, é preciso que aguardes eu alcançar o meio do céu, pois somente nesse momento poderás atravessar o rio e proceder à tosa dos carneiros de lã de ouro.

Em qualquer outro momento eles são carnívoros e haverão de devorar-te implacavelmente!

CORO

Psiquê ficou assustada e desarvorada. Entende agora que esta tarefa é apenas aparentemente fácil, e que na verdade esconde terrível armadilha.

Quem não souber tosar os carneiros com lã de ouro na hora certa encontrará a morte.

E assim aguarda pacientemente até que a carreira do deus Hélios pelo céu atinja a plenitude, ou seja, o meio dia, e pode então serenamente atravessar o rio e tosar os carneiros que se submetem com docilidade.

De posse de sua lã, Psiquê retorna e entrega-a para Afrodite.

AFRODITE

Quem diria? Quer dizer que conseguiste?

Sabes agora que o amor exige que o ouro venha na hora certa? Entendeste o que isto significa?

Entendeste que tosar antes da hora significa penúria para sempre e que não haverá amor que resista?

Sabes agora que também guardar por tempo demais esta lã preciosa resultará em desastre para o amor?

O amor exige a hora certa para toda e qualquer colheita e ele precisa da segurança que esta lã preciosa representa.

Mas ela não pode ser objeto de desvarios, nem de economia exagerada.

Saiba agora que a riqueza que esta lã proporciona deve ter a hora certa para ser guardada e a hora certa para ser gasta, pois quem gasta antes do tempo encontrará a penúria, que nenhum amor suporta, e quem gasta depois do tempo certo encontrará a avareza, que matará todo e qualquer amor.

PAUSA.

CENA 4

O Terceiro Trabalho: Trazer A Caixa De Perséfone Que Contém O Pó Da Beleza Eterna

AFRODITE

Dar-te-ei agora, por fim, a mais árdua e severa das tarefas:

Quero que me tragas a caixa de Perséfone, aquela que contém o pó da beleza eterna.

Sabes, Psiquê, andei exausta estes últimos tempos com os transtornos que me causaste, cuidando do meu pobre filhinho cujo coração arrasaste e também tratando de recolher nestes últimos tempos os homens de volta aos meus templos, que tu esvaziaste.

Estou desgastada e preciso recuperar minha beleza eterna.

Ordeno-te que desças até o Hades, o reino dos mortos, para buscá-la, pois Perséfone, a deusa que lá governa a detém, e ela não se recusará a conceder-me este desejo.

Assim recuperarei meu eterno fulgor, pois eu, deusa do amor e da beleza, não posso ter meu rosto e corpo nem um pouco desgastados.

E tu conseguiste arranhar minha áurea beleza.

CORO

Psiquê percebe então que está em maus lençóis!

Como chegar ao Hades? É o caminho da morte e ela bem sabe disso, pois nenhum mortal pode atravessar vivo seus portões.

PSIQUÊ

Vou então para o topo de um precipício atirar-me no abismo!

Acho que esta é a única forma de entrar no reino dos mortos, ou seja, morta.

CORO

Mas o deus Hermes, o condutor dos mortos, o único que pode entrar nesse reino, dela condoeu-se e surgiu oferecendo-se para acompanhá-la na “descida aos infernos”.

Lá chegando, foi recebida por Perséfone que lhe disse:

PERSÉFONE

Eis a caixa da beleza eterna, mas cuidado!

Ela não pode ser aberta por nenhum mortal, pois esta beleza somente pertence aos deuses.

O mortal que a quiser para si encontrará sua contrapartida, ou seja, a morte.

Os mortais não podem escapar à lei do desgaste, façam eles o que fizerem, pois o eterno não lhes pertence.

O belo dos deuses não é o mesmo dos mortais, pois nós temos a eternidade como garantia e vós o desgaste como o inevitável.

Por isto nós estamos acima da tragédia e vós sois a própria tragédia.

CORO

Psiquê ouve aterrorizada a deusa Perséfone, pois é ela quem comanda as leis inexoráveis da vida e da morte, do nascer, viver e morrer.

Humildemente, recebe a caixa e parte de volta para a Terra, numa longa jornada em direção à superfície.

No caminho, no entanto, inquietações começam a tomar conta dela.

PSIQUÊ

A deusa Afrodite reclamou que eu cansei sua beleza. E eu então?

Estou exausta com todos estes labores.

Ela que é imortal, reclama que sua eterna beleza foi arranhada!

Mas a minha, pobre de mim, está escangalhada!

Eu não cuido de mim há tanto tempo!

Desde o tempo que parti do palácio do meu amado Eros!

E esses labores acabaram comigo!

Estou desgrenhada e pareço uma velha!

Eu poderia pegar só um pouquinho deste pó da beleza eterna para mim!

Assim eu recuperaria meu fulgor e este pouquinho não faria falta nenhuma para Afrodite.

Além do que, eu não resisto à curiosidade de, ao menos, ver o que há dentro desta caixa, que pó maravilhoso será este?

E mais, por que eu não poderia provar só um pouquinho dele?

EPÍLOGO

CORO

E assim Psiquê, não resistindo à curiosidade, abriu a caixa que continha o pó da beleza eterna.

No entanto, quando a abriu escapou uma terrível nuvem que a envolveu até a morte.

Era o sono estígio, o sono da morte. É que a busca da beleza eterna sempre custará o desperdício da vida para os homens e, no limite, a morte.

Afinal, somente aos deuses é concedida a beleza eterna sem que isto custe a vida, pois, obviamente, eles são imortais.

Psiquê, assim como tantos mortais, desceu até os infernos para buscar a beleza eterna.

O que os mortais não fazem seja para buscar o amor, seja para manter a ilusão do belo?

Mas os deuses finalmente consideram que Psiquê aprendeu as árduas lições da arte de viver e amar e determinam que Afrodite com ela se reconcilie e permita que seu filho Eros a ela se una para sempre.

Ordenam então que seja feita uma grande celebração no Olimpo para o casamento de Eros e Psiquê.

Para tanto, trazem Psiquê de volta à vida, tornam-na imortal e logo a seguir o grande Zeus declara:

ZEUS

Ordeno que Eros se case com Psiquê e que este casamento seja de agora em diante o caminho a seguir de todos os mortais.

Quero com isto dizer que o caminho dos homens é o caminho do amor, que no entanto exige longo aprendizado.

Para isso, será necessário que cada um dos mortais faça um juramento a Eros desde cedo, pois cada um representa a Psiquê.

Aqui deverá ser declarado que nada dirá nem fará que não seja em nome do amor.

Descarto, portanto os convenientes, os mentirosos e os interesseiros. Exijo, através desse juramento, que cada mortal, um símbolo de Psiquê, siga os caminhos da verdade custe o que custar.

É a isto que chamo do caminho da nobreza, da beleza e da bondade; o único caminho proposto por mim aos homens.

Lembro-lhes ainda que nós os deuses não lhes impomos caminho algum a seguir.

Mas recordo-lhes que o destino, por nós proposto, acalanta quem o segue e arrasta quem o nega.

Finalizo lembrando que destino nada mais é que a busca da verdade de cada um, e não a vulgar pré-determinação do dia a dia.

Esta é a determinação do Olimpo para o casamento de Eros e Psiquê.

Entram em cena dois jovens – um rapaz e uma moça portando em suas mãos uma guirlanda de flores. Cada um deles corre a se entrelaçar com uma estátua de Eros. Ambos estão completamente nus, representando a pureza da verdade de quem nada tem a esconder.

Abraçam a estátua de Eros e entrelaçam suas guirlandas, representando que estão inalienavelmente com ele comprometidos.

Neste momento, enunciam o juramento Eros exigido por Zeus.

ZEUS

Declaro que os mortais devem logo cedo proferir o seguinte juramento:

"Juro pelos deuses que nada direi nem farei ao longo de minha existência, que não seja consagrado a Eros".

Os jovens enunciam solenemente o juramento, cada um abraçado a uma estátua de Eros.

CORO

E vocês meus caros amigos; estão buscando a sua verdade?

Estão buscando o nobre, o belo e o justo?

Ou estão a serviço do interesse, da conveniência e do consumo fácil do outro e de si mesmos?

Afinal, sua Psiquê está com Eros ou está perdida na volúpia do desencontro?

Fecha-se a cena, enquanto o coro celebra a grandeza de Eros e o triunfo da verdade perante o amor.

BIBLIOGRAFIA

BIBLIOGRAFIA

Apollodórou: *Bibliothéke;* Atenas, Ed. Afon Tolidi O. E., 1984.

Omérou: *Iliáda;* Trad. para o grego moderno de N. Kazantzakis, Atenas, Ed. Didaktikón Biblíon, 1990.

Ioán Stamatákou: *Lexikón tes Arxaías Ellenikés Glóssis (Dicionário da Língua Grega Arcaica);* Atenas, Ed. O Foínix, E. P. E. 1972.

Ioannou Rispen: *Elleniké Mythologgia;* Atenas, Ed. Pergaminai, 1954.

Thoukidídou (Tucídides): *Pindáro Apospásmata (Píndaro-Fragmentos);* Atenas, Ed. Papyros, 1953.

Platão: *Diálogos - Mênon, Simpósio, Fedro;* Rio de Janeiro, Ed. de Ouro, 1974.

Marcel Detienne: *Os Mestres da Verdade na Grécia Arcaica;* Rio de Janeiro, Jorge Zahar Editor, 1982.

J. P. Vernant: *A Morte nos Olhos;* Rio de Janeiro, Jorge Zahar Editor, 1988.

Mircea Eliade: *Mito e Realidade;* São Paulo, Ed. Perspectiva, 1986.

Joseph Campbell: *As Máscaras de Deus;* São Paulo, Ed. Palas Athena, 1992.

Fernand Robert: *A Religião Grega;* São Paulo, Ed, Martins Fontes, 1988.

Werner Jaeger: *Paideia: A Formação do Homem Grego;* São Paulo, Livraria Ed. Martins Fontes, 1986.

Eduard. F. Edinger: *The Eternal Drama - The Inner Meaning of Greek Mythology;* Boston, Random House Ed., 1994.

Paul Diel: *O Simbolismo na Mitologia Grega;* São Paulo, Attar Editorial, 1991.

Viktor D. Salis: Édipo: Messias ou Complexo? Ou *A busca do heroi e da heroína pelo direito universal de nascer, viver e morrer com dignidade e honra*; São Paulo, Edição do Autor, 2002.

Viktor D. Salis: *Paideia: Para formar um homem "Obra de Arte, Ético e Criador" ou Os doze trabalhos de Hércules para o caminho do heroi em busca da eternidade*; São Paulo, Edição do Autor, 2002.

Viktor D. Salis: *Mitologia viva: Aprendendo com os deuses a arte de viver e amar*; São Paulo, Editora Nova Alexandria, 2003.

SOBRE O AUTOR

Viktor D. Salis nasceu em Atenas, Grécia. Formou-se em Psicologia em 1971 pela PUC-SP e estudou Epistemologia Genética com Jean Piaget em Genève, Suíça, onde completou seu primeiro doutorado em 1977. Em 1981 estudou "A Fenomenologia dos Mitos" com Igor Caruso na Universidade de Salzburg, obtendo seu segundo doutorado.

Daí em diante, dedicou-se cada vez mais ao estudo das tradições e mitos das antigas civilizações gregas, egípcias, judaico-cristãs, caldaicas e orientais, buscando recuperar seu significado original, ou seja, fornecer chaves ao homem para a arte de viver e amar, e principalmente buscar respostas para o Enigma da Esfinge, que as ciências modernas não foram capazes de responder: Quem sou eu e que faço aqui? De onde venho? Para onde vou?

Por conhecer bem o grego antigo e o moderno, estuda e trabalha com os textos originais, dispensando as traduções e as adaptações. Domina também o inglês, francês, espanhol e lê o latim e o alemão. Escreveu diversas obras na área dos mitos e tradições arcaicas. Escreve peças de teatro baseadas nos mitos.

Trabalha como terapeuta num processo que denomina "Terapia Mítica", onde se busca o conhecimento de si e do outro através dos mitos arcaicos e se permite abrir as portas para a compreensão e a evolução do ser humano, conferindo-lhe o seu sentido cósmico.

Desenvolve também trabalhos na área da educação, buscando recuperar o ideal helênico de formar o homem "obra de arte, ético e criador", superando o homem tecnicista, materialista e angustiado do séc. XXI, e abrir-lhe novas possibilidades.

Mitologia • Psicoterapia mítica • Psicopatologia

Depressão • Síndrome do pânico • Consultoria executiva em educação

Ética empresarial • Treinamento

www.viktordesalis.pro.br • **www.viktordesalis.com.br**

Facebook: **Viktor David Salis**

E-mail: **vdsalis@gmail.com**

“

Quem não quer passar a vida apaixonado por tudo que o cerca?

Quem não quer despertar ansioso para gastar mais um dia em busca de si e do outro?

Como é belo despertar pleno de projetos e com aquele intenso desejo de viver sob a luz do sol.

E como é triste um monótono e lento despertar para um dia igual ao outro; como é triste passar o dia sem entusiasmo.

Diziam na Antiguidade algo assim: quem vive sem Eros, adoece.

Que fazer então da rotina? Mais ainda, como transformá-la em algo que o apaixone pela vida?

Eis a chave do mistério:
Case-se com Eros, ou seja, pegue tudo que você tem de melhor, seus talentos de que você se esqueceu, traga tudo à tona e celebre, como se fosse “casar com a vida”.

”